Philippe VALLET

W0203021

Pas de Traces

Fragments de voyage

ISBN 978-2-917081-28-0

FOLIUM
collection

Philippe VALLET

Pas de Traces

Fragments de voyage

ÉDITIONS
ASPECT

ils arrivent

le muezzin perce le silence
ils écoutent

de leur tour
trop haute

ils marchent sans carte

ils arrivent

le temps ne se pèse pas
sur la même balance

sur les terrasses
aux amandiers
le temps se glisse

d'une pierre à l'autre
la poussière ne dit rien
du comment
tu te laves du temps

le sang tient
debout et fier

ils saisissent le vide
ils ne veulent pas savoir

ils sont là
fibres tendues
vers un autre océan
ils ne connaissent
pas leur vérité
le chemin où se croisent
les courbes d'une invitation

au minaret
chaque matin
appelle

aux marchés des couleurs
un parfum de supérette climatisée
la circulation dans tous les sens
et la pluie d'une première nuit

en arrière de hauts murs
les maisons cachées
d'une riche blancheur

aux carrefours des humanités
le bidonville déshumanisé
d'une insensible proximité

nos mains
caressent
le chemin des mots

sous la langue
les rouleaux de l'océan
animent la plage

ils picorent les miettes
abandonnées
ils ne restent pas

ils marchent au soleil
glanent leur soupe
pour l'hiver
viennent regarder
les bêtes d'un autre monde

les étrangers
ne laissent pas de traces

le soleil lave tes fautes
au bleu du ciel
tes draps blanchissent

si l'horizon s'arrête
la pensée ne peut dire

vivre est un souffle
sur les toits
d'une constellation

tu reviens
guidant la trace

l'ombre ne s'arrête pas
sur le sable

le silence les contemple
beaux voyageurs
incessants

dans le ciel
de grands oiseaux de lignes
les promènent

ils dominent
ils achètent
la conviction d'exister

ils ne cultivent pas
l'enracinement

sur la cendre
la brise de l'aube
efface ton pas

tes rêves nacrés
conduisent vers le désert
le silence se détraque
sur le visage des immensités

ton regard se perd
échange sans parole

épargne ta salive
le superflu des marchands
te livre le monde

ils oublient que le sang
est un fleuve de braises

ils parlent avec des mots
qu'ils ne connaissent pas

ici ils viennent
ils composent leurs galeries
marchandes
où les épices sont différentes

ils teintent la soupe au safran
s'arrangent
ils amassent les restes

à chacun son ciel ce matin
le minaret cache le soleil

il est des maisons où
les images sont un parfum
et le temps répète
aux enfants de la terre
une musique indiscrète

à prendre la vie dans tes bras
tu protèges tes yeux

le torchis couleur d'argile
se conjugue aux limons
la douce corrosion insensiblement
redonne aux jardins
le liant des rochers

écoute
le vent siffle entre les pierres

le monde gagne
l'espace éparpillé
où se marient les arômes
d'un rêve de colonies
entaché du bruit
s'entassent les corps
à la gloire d'un empire

par de nouveaux débris
les mâchoires d'une industrie
cherchent de nouvelles campagnes

le soleil se lève
aux murmures des oiseaux
tes pas pressent l'air du matin
ta peau se réveille
tes mots inondent ta langue

le présent tient ta musique

ils ne savent plus quels rêves
les habitent

ils ne savent pas
quel songe construire

ils contemplent une porte
sur le seuil

ils donnent des pièces

ils fixent avec
leurs poches
les souvenirs à récolter

ils passent trop vite
on les oublie
il s'envolent

au-delà de l'Atlas
la route se réduit
au lointain caché
des collines de cailloux
les poussières soulevées
couleur du roc

une charrette au centre
d'un désert
l'homme marche
quelque part

un secret te poursuit

pied à pied

ils se sont posés
à l'abri sous l'arganier
qui perd son écorce
ils ramassent les noyaux

du jour à paraître
ils ne comptent pas les pierres
ils brûlent leurs vacances
et mélangent des couleurs
dans leurs mains

ils déroulent le fil d'Ariane
des ruelles étroites

ils défient un doux rêve
de thé vert sucré
et se perdent à l'orée
d'un ciel bleuâtre

sur le ciel ouvert
les toits à plat
se noue l'horizon
à l'ocre des murs

un lacis de ficelles
électriques

automatique
le chant du muezzin

la vie est en dedans
du souk
des ruelles enjouées
le flot humain
pressé

des mains artisanes
entassent les objets
les pourpres des épices

ils cachent les vraies paroles
sous le tourbillon des mots
ils cherchent sans cesse

ils s'enferment
se recroquevillent
se perdent

ils meurent puis reviennent
d'ailleurs
d'un autre pays

rechutent

ils ne sont que des lettres
un visa sur un passeport

aux faveurs antiques d'un regard
aux nuances d'un parfum
le boutiquier marchande

bazar aux mille pactes

du thé à la cardamome
le sucre du temps
dans le verre

tu troques avec vivacité
tes paroles

tu ouvres l'appétit du monde

avec obstination ils vérifient
les morceaux perdus
d'une rencontre
ils deviennent les questions
d'un immense puzzle

ils ne gardent pas
d'émotions

à chaque pas
leur sourire
la marque brève
d'une photographie

les regards épars doivent-ils
recueillir les traces ?
la pauvreté ne doit pas retarder
le parfait des images

vite fait
juste le temps de numériser
les souvenirs bien frais

des tomates
des condiments
des bousculades
des ruelles
tout un quartier
de teinturiers
laines rouges et vertes
tapis de soie

aux cuivres martelés
le bois tourné aux pieds
un petit garçon mutilé

“inch Allah !”

c’est l’heure de l’appel
ton corps au mot à mot
d’un conte de fées

le mendiant fait honnêtement
sa tâche
il réclame

tendre la main
manger un jour

la générosité n’a pas d’heure

où sont leurs mains ?
ils ne savent pas
ils arrivent trop vite
ils ne reviennent pas

ils collectionnent des copies
déballées et construisent
des albums qu'ils posent
sur des étagères

sous les murs
de riches soirées
aux palmiers découpés
sur le ciel bleu

à tes pas
pendus par le bec
des vautours desséchés
une chauve souris
de messe noire

à tes envies
la vie enchevêtrée
sur la place du marché

le talisman d'un sorcier

ils tiennent
une carte postale improbable
trame triste de leurs images

d'une large entaille
la terre porte le temps
au coeur des canyons

ils ne meurent plus
ils se prennent en photo

partir voyager

aux images
des marées bavardes
s'abandonner

tu oublies le masque
tu te lâches
tu accompagnes
l'inédit

tes yeux gardent
la mémoire d'un étonnement
tu ramasses l'étincelle
tu lèves ton déguisement

au premier éclat
d'un brasier
la peau frissonne

ton voyage est une épreuve
où rassembler le temps
à naître avec le mot

tu inventes l'aube

tu montes lentement
pas à pas

au col l'horizon
désavoue ton regard

sur les montagnes
de tes attentes
l'usure de tes pas

sur la piste
ne crains pas la respiration
ton épaule rencontre
d'un itinéraire les virages
descendus

à l'ombre froide
des pentes parcourues
la tâche d'ébaucher
l'innocence

tu ne laisses aucune trace
tu préserves l'envie
d'être le premier

ils ne savent pas reconnaître
le Lion dans la montagne
ils examinent
ils savent que
demain sera pareil
ailleurs

ils ne veulent pas savoir où
s'arrête ce pays

tout leur appartient
même le sable

ils habillent le vent

le soleil se lève
des oiseaux brassent
l'air du matin
les mots couvrent ta langue

le chemin s'enracine
aux arbrisseaux de tes pensées
cachées sous la cendre
des rythmes ordinaires

tu cherches l'attention
tu veux être debout
tu demandes une respiration

ta sensibilité babille

ils ne savent pas se reposer
de leurs certitudes

ils ordonnent des pourquoi

ils créent des carnets de voyage
juste pour dire
nous y sommes
allés

le grain de sable
ne peut répondre
à la question d'un fugitif

tu attends le geste qui sauve

le vert borde l'oued
il souligne le rouge
flamboyant de la montagne

pour vivre là
il faut être
infiniment
attelé à sa terre

le tourbillon te porte
derrière chaque grain
un souffle
donné par la nuit

au couchant
le filet de sable
mordant

la lune est au premier quartier
elle dessine ton immortalité

tu laisses une place
le jour se cache
une caravane la chasse
tu te tais
l'inutile alourdit

peut-il en être autrement

pas de souvenirs
dans le labyrinthe
de leurs envies

ils posent leur adoration
sur le bord du chemin

ils découvrent ce que
le vent déplace
savent-ils
que le soleil consume

que l'eau jaillit ?

tes ignorances interrogent
le vide entre les lettres
le ravinement du vent

quand le village se noie
dans les pierres
la couleur de la terre
envahit le mur

le coeur du monde
se tient
à deux mains

l'homme se construit
accroché au travail
à la pluie annuelle
le dieu peut changer
demain arrivera

quand même

ils désirent

ils s'occupent
à faire quelque chose
ils raclent, ils écorchent,
ils s'usent les ongles

ils enjambent les ombres
avec leurs valises
ils glissent

tout se vend

de tous les temps
tu es celui qui a tout

tu regardes l'ancien
l'artisan qui fabrique
pour tes yeux
du vrai et du faux
depuis des générations
l'échange au sang
d'une tradition

devant les portes
tu mélanges
tes lignes de vie

tes contours d'avenir

ils se meurent
s'ils ne bougent
et partent donc
chaque jour
à chaque instant

ils cherchent à reconstituer
l'histoire d'un aller
pour le retour

ils applaudissent à leurs circuits

ils fuient le présent

ils s'offrent un désert

tu échanges ton identité
demain recommence
le troc du métier
à tisser le fleuve

tu opposes à tes navigations
l'immense aridité
tu remplaces tes mots
par un tourbillon de sable
tu dis ta vérité

le temps a levé toute la boue
quelques racines trouvent
dans des fissures un peu
du nécessaire

sur l'arganier
les chèvres mangent
les petites feuilles

ils oublient
l'érosion inévitable
d'une naissance

ils portent un calendrier
en carte d'identité
ils ont perdu
leur vérité
leur voix
leur croix

ils remplissent
leurs yeux
des saveurs
d'un instant

ils superposent
les mots inutiles

la lumière douce cède
aux couleurs chaudes
une tonalité en profondeur
tu découpes d'arcs et fenêtres
les regards grillagés

tu ne sauras jamais
imaginer
la vie derrière les murs

tes gestes en secret
défont les heures
d'une journée que le thé
apaise

sur des sentiers escarpés
ils scrutent leurs pieds

ils dissimulent
le coeur
trop froid
trop loin
trop cru
trop vrai
de leur vie

en écho
chaque jour endurcit
leur peau
ils déplacent leurs murs
n'ouvrent plus leurs fenêtres

ils voyagent avec leur cantine
l'hospitalité se marchande

le regard vole une révérence
à l'étoile filante d'un ciel serein
la vie câline

au coeur des dunes
l'erg ouvre l'histoire

tu cherches la courbe familière
du puits où immerger
tes excès

le soleil rend ta peau
à la stricte nécessité
de ta fragilité

le bruit des rouleaux
écrase la plage
tu ne sais plus parler

aux désirs de connaître
s'entremêlent
les lignes invisibles
d'une réalité
ils comptent les aéroports
aux carrefours
ils collectionnent
les dates de départs

ils observent sans voir
ils écrivent sans lire
ils marchent sans carte

ils achètent sans limite
ils pensent à repartir

les souvenirs de l'année dernière
pour un voyage l'année prochaine

en équilibre
sur l'immense
le ciel tourne
ses vagues de terre

aucune hésitation

la lente chorégraphie
du matin naissant

au centre des galaxies
la grande conversion

sur les brèches
de tes séparations
les mots se couchent

rien ne peut distraire leur
inattention

ils cherchent un au-delà
plus clément

une buée sur les yeux
une voile au vent
un désert climatisé
une marche sans peine

pas de heurts dans l'attente

ils convoitent l'impossible

les chiens crient
sur le chemin
caché des murs
aux planètes flamboyantes
les étoiles disparaissent

une terre rouge
psalmodie les litanies
des sourates habituelles
sous le voile
des femmes
noires

la chair est un roc de paillettes
où le soleil plante ses crocs
âge minéral d'un pays
au coeur des hommes

l'âme berbère endort
ses larmes de pluie

demain
tes pas dans la montagne

comme au cinéma
pas de réalité
ils enjambent les océans
peuvent-ils savoir
qu'un voyage
peut changer le miroir ?

trop vite
sans chaleur
l'indifférence
gomme les repères
un jour
une ride
un océan

le temps ne les arrête pas

tu es le vent
la pénombre douce

tu transformes tes rêves en palais
la terre tient ses promesses
aux labeurs quotidiens

la vie s'agite paisiblement
loin du flot continu
des grandes autoroutes

le coeur de la montagne bat
le ciel se fixe
aux crêtes intrépides

un geste dans le jardin
un parfum de présent
rien ne rappelle la pendule

au fond de ta poche
la présence
d'un autre passé
sagement posé

rien de permanent

à la fin
ils ne savent pas
quels mots sont oubliés

chaque geste remue
la main poursuit l'instant
une ligne défait l'évidence

elle se découvre
ils se referment

ils ne veulent pas savoir

au bout de la piste
naît la montagne
tu l'apprivoises de tes mains

ta famille tient le vent
dans ses tombes

au souffle éphémère
des profondes racines
tes fibres et tes os
dans le sillon

chaque prière récolte
une courbe sur le dos
à l'invitation du muezzin
tu sèches tes larmes

à ton oreille ardente
chaque jour s'enroule

tes aventures te conduisent
aux clefs de l'humanité

DU MÊME AUTEUR

RECUEILS

Interstices, encres de couverture de Véronique Bart (Éditions AREDIC / Les Solicendristes, 2009).

Écrire les yeux bandés, avec des illustrations de Véronique Bart (Éditions ASPECT, 2013, collection FOLIUM mini).

Je couche sur tout l'univers, avec des illustrations de Véronique Bart (Éditions ASPECT, 2013, collection FOLIUM mini).

RECUEILS COLLECTIFS

Métissage 2012 (Maison de la Poésie d'Amay, Belgique, Anthologie de l'Arbre à Paroles).

Sacré-Chœur (Éditions du Petit Pavé, Prix de l'écriture 2004).

Violence.Ecrits.Net (Éditions-Atypique, 2002).

L'instant à foison (Éditions Médiathèque de Remiremont, 2000.)

REVUES

Les Citadelles (Revue de poésie, Animateur Philippe Demeron, n°9 2004, n°12, n°14, n° 16, n°18 et n°19, 2012).

Traces (Cahiers trimestriels, n° 152, Hiver 2003/2004).

Comme en poésie (2003 et 2004).

Cahiers Vosgiens (n° 6,7,8,9,10 et 11).

Friches (les Cahiers de Poésie Verte, 2006).

Revue Traversées (Revue belge de poésie, n° 48, Septembre 2007).

Philippe Vallet est né en 1952. Tour à tour et en même temps : père de quatre enfants, éducateur, conférencier, spéléologue, grimpeur, navigateur en eaux vives, danseur, clown, manipulateur de marionnettes, animateur d'ateliers d'écriture...

« Grignoter chaque jour les cartes postales d'une histoire, donner un peu d'eau à mon arbre généalogique, le tailler au fur et à mesure que l'écorce durcit aux tempêtes de mes rencontres. Écrire a toujours été une envie profondément incluse dans mes pensées. C'est le « Tous capables » rencontré au GFEN qui m'engage sur les chemins de l'écriture et des ateliers que je partage avec joie depuis maintenant quinze ans. Les mots font naître l'effervescence qui se joue de la banalité. »

CHEZ LE MÊME ÉDITEUR

René L. LOUIS : *Stances de l'intranquillité d'être*, collection FOLIUM.
Annie SALAGER : *Les dieux manquent de tout*, collection DA CAPO.
Tahar BEKRI : *Les Songes impatients*, collection DA CAPO.
Danièle CORRE : *Obstinément l'enfance*, collection FOLIUM.
Ernest PÉPIN : *Boucan de mots libres*, collection DA CAPO.
Richard ROGNET : *Le Transi*, suivi de *Je suis cet homme*, collection DA CAPO.
Revue/Anthologie : *Carnavalesques, choix de textes de langue française de poètes d'aujourd'hui*, 2006.
Danièle CORRE : *Énigme du sol et du corps* - Prix Max Jacob 2007, collection FOLIUM.
René L. LOUIS : *La colère du gisant*, collection FOLIUM.
Revue/Anthologie : *Carnavalesques 2007, revue de découverte des écritures françaises contemporaines*, 2007.
Josèphe CHIGNIER : *Cléanthie* / Κλεάνθη, collection FOLIUM Nouvelles (bilingue).
Pierre DROGI : *Encordelé, cahier de bouches et autres textes*, collection FOLIUM.
François MAUBRÉ : *La Tonnelle*, collection FOLIUM Nouvelles.
Bernard HEIDSIECK : *Publicité*, collection LE PHONOPHORE.
Danièle CORRE : *Comme si jamais personne*, collection FOLIUM.
Revue/Anthologie : *Carnavalesques 3, revue de découverte des écritures françaises contemporaines*, 2009.
Demba Assane SY : *Parcours d'un jeune Toucouleur à l'assaut de la vie - Un vieil homme se souvient*, collection FOLIUM Documents.
Annick BRETON : *L'embellie*, collection FOLIUM.
Revue/Anthologie : *Carnavalesques 4, revue de découverte des écritures françaises contemporaines - Numéro spécial Îles de l'Océan Indien*, en partenariat avec les Éditions K'A, 2010.
François MAUBRÉ : *Montagne de printemps – Plaies de briques*, collection FOLIUM.
Jacqueline PERSINI-PANORIAS : *Tard, je t'ai reconnue*, collection FOLIUM.
Bernard FOURNIER : *Marches III*, collection FOLIUM.
Patricia CASTEX MENIER : *Jardins publics*, collection FOLIUM.
Michel PASSELERGUE : *Lontana in sonno*, collection FOLIUM.
Danièle CORRE : *Routes que rien n'efface*, collection FOLIUM.
Brigitte COTTAZ : *Fugues*, collection FOLIUM.
Danièle CORRE : *Où parle doucement l'âme des morts - Vietnam*, Aquarelles de U. FREMDE, collection FOLIUM.
Revue/Anthologie : *Carnavalesques 5, revue de découverte des écritures françaises contemporaines - Voix des femmes des Amériques*, 2013.
Philippe VALLET : *Écrire les yeux bandés*, suivi de *Je couche sur tout l'univers*, avec des illustrations de Véronique Bart, collection FOLIUM mini.
Jacques PIERRE : *L'Usure des Saisons*, collection FOLIUM.
Revue/Anthologie : *Carnavalesques 6, revue de découverte des écritures françaises contemporaines - 1983 – 2012, 30 ans, 30 premiers recueils*, 2014.
Danièle MARCHE : *L'enfant derrière la vitre*, collection FOLIUM.
Danièle MARCHE : *Sur le chemin du Merlouchicq*, collection FOLIUM.
François MAUBRÉ : *La Bouyre*, collection FOLIUM.

ASPECT est le nom de l'Association pour la Promotion des Ecritures Contemporaines

-----

Siège : *63, Avenue du Général Leclerc, 54700 Pont-à-Mousson*
Courrier postal : *71, rue Étienne Olry, 54170 Allain*
Courriel : *editions.aspect@gmail.com*
BLOG : *http://nancy.aspect.editions.over-blog.com*

les collections

La collection DA CAPO réédite des recueils introuvables en librairie et dont les auteurs ont retrouvé les droits.

La collection FOLIUM édite des textes nouveaux de poètes contemporains vivants.

La collection LE PHONOPHORE édite des textes de poésie accompagnés d'un cédé Audio. Elle s'intéresse notamment à la Poésie Action.

La collection FOLIUM nouvelles propose des textes d'écriture poétique plus proches du récit.

Achevé d'imprimer en Décembre 2015 par
Créaprojet – 21200 Beaune
Numéro d'impression : 15-11-1898

Maquette : Raphaël Marche (raphael.marche@gmail.com).
Dépôt légal : mars 2015.

ISBN 978-2-917081-28-0/ Imprimé en France.